Ivan Sergueïevitch Tourgueniev

Fantômes

Texte et illustration de couverture : © domaine public
Edition : Culturea (Hérault, 34)
Contact : infos@culturea.fr
Retrouvez notre catalogue sur http://culturea.fr
Imprimé en Allemagne par Books on Demand
Design typographique : Derek Murphy
Layout : Reedsy (https://reedsy.com/)

Dépôt légal : janvier 2023
Tous droits réservés pour tous pays

ISBN : 9791041919697

Table des matières

Un instant... et le conte de fées s'évanouit.
Et l'âme est de retour à la réalité.

A. Fet.

I

Je me retournais dans mon lit, n'arrivant pas à dormir.

« Que le diable emporte toutes ces sottises de tables tournantes !... Cela n'est bon qu'à vous détraquer les nerfs ! » me disais-je...

Peu à peu, le sommeil finit par me gagner...

Tout à coup, je crus entendre, dans ma chambre, un son faible et plaintif comme une corde que l'on pince.

Je soulevai la tête. La lune était basse dans le ciel, et me regardait, droit dans les yeux. Sa lumière dessinait sur le parquet une raie blanche, tracée à la craie... Et de nouveau je perçus l'étrange bruit.

Je me dressai sur le coude. Une légère appréhension me faisait tressaillir. Quelques minutes passèrent. Un coq chanta au loin ; un autre lui répondit.

Je reposai ma tête sur l'oreiller.

« Voilà où cela nous mène... À présent, j'ai des bourdonnements d'oreilles ! »

Je me rendormis presque immédiatement et fis un rêve singulier. J'étais couché dans mon lit et ne dormais pas, ne pouvant pas même fermer l'œil... Derechef, le son se fit entendre... Je me retournai... Le rayon de lune se soulevait doucement, se redressait, s'arrondissait par le haut... Une femme blanche, immobile et transparente comme la brume, se tenait devant moi.

« Qui es-tu ? » demandai-je avec effort.

Une voix semblable au chuchotis des feuilles :

« C'est moi... moi... moi..., je viens te chercher.

— Me chercher ?... Qui es-tu donc ?

— Viens, la nuit, au coin de la forêt, sous le vieux chêne... J'y serai. »

Je voulus discerner les traits de la femme mystérieuse, mais un tremblement involontaire me parcourut tout entier et une bouffée d'air glacé me frappa au visage. Je n'étais plus couché, mais assis sur mon séant, et, à l'endroit où j'avais cru apercevoir la vision, il n'y avait plus qu'une longue raie de lumière blanche, projetée par la lune.

II

La journée fut mauvaise. Il me souvient d'avoir essayé de lire, de travailler, mais en vain... Tout me tombait des mains.

Vint la nuit. Mon cœur battait violemment comme si je m'étais attendu à quelque chose. Je me couchai et me tournai face au mur.

« Pourquoi n'es-tu pas venu ? » demanda une voix basse, mais distincte.

Je me retournai d'un bond.

C'était elle, la vision mystérieuse : des yeux immobiles dans un visage impassible, un regard voilé de tristesse.

« Viens ! chuchota-t-elle de nouveau.

— Oui, je viendrai », répondis-je, en proie à une panique involontaire.

Le spectre se courba lentement, se tordit comme des volutes de fumée et s'évanouit. Le reflet pacifique de la lune reparut sur le parquet.

III

Tout le jour suivant, je fus terriblement anxieux. Au souper, je bus une pleine bouteille de vin, puis sortis sur la terrasse, mais rentrai immédiatement et me mis au lit. Mon sang bourdonnait lourdement.

Le même bruit... Je tressaillis et ne me retournai pas... Tout à coup, quelqu'un m'enlaça fortement par les épaules et me souffla :

« Viens... viens... viens !... »

Tremblant de terreur, je ne pus que gémir :

« Oui, je viendrai ! »

Et je me redressai.

La femme était là, penchée sur mon oreiller. Elle me sourit faiblement et disparut. Néanmoins, j'eus le temps d'entrevoir son visage. Il me sembla que je l'avais déjà aperçue quelque part — où et quand ? Je me levai tard, le lendemain, passai toute la journée à errer à travers champs, allai contempler le vieux chêne à l'extrémité de la forêt, m'arrêtai et regardai tout autour.

À la tombée de la nuit, je m'installai dans mon cabinet de travail, devant la fenêtre ouverte. Ma vieille intendante avait posé une tasse de thé devant moi, mais je n'y avais pas touché... Stupéfait, je me demandai : « Est-ce que je deviens fou ? »

Le soleil venait de se coucher, recouvrant tout le ciel de lueurs d'incendie, et l'embrasement s'était étendu à toute la nature, qui avait pris une étrange teinte écarlate ; les herbes et le feuillage des arbres s'étaient subitement figés, comme si on les avait recouverts d'une couche de laque. Et il y avait quelque chose d'infiniment mystérieux dans leur immobilité de pierre, dans la netteté de leurs contours, dans cette alliance de lumière crue et de silence de mort. Un grand oiseau gris vint se poser sans bruit sur le rebord de ma croisée... Je le regardai ; il me dévisagea aussi, de ses yeux ronds et sombres...

« Qui sait, peut-être es-tu venu me rappeler ma promesse ? » me dis-je aussitôt.

L'oiseau battit de l'aile et s'envola, toujours sans faire de bruit. Je demeurai encore longtemps assis devant la fenêtre, mais plus rien ne m'étonnait ; je me sentais comme enfermé dans un cercle magique ; une force douce, quoique invincible, m'entraînait malgré moi, de même que le remous de la cascade emporte la barque bien avant sa chute.

Je sortis enfin de ma torpeur. La pourpre du ciel avait disparu depuis longtemps ; les teintes s'étaient obscurcies ; le silence était rompu. Une brise légère se mit à souffler ; la lune brilla d'un éclat plus vif dans le ciel assombri et baigna d'argent les feuilles noires des arbres. Ma vieille intendante entra dans mon cabinet de travail, une bougie allumée à la main, mais une bourrasque l'éteignit soudain. Incapable de tenir plus longtemps, je me levai et me dirigeai vers l'angle de la forêt, près du vieux chêne.

IV

Plusieurs années auparavant, la foudre avait frappé ce chêne, fracassant la cime qui se dessécha rapidement ; mais le tronc était resté vigoureux, vert et fort ; l'arbre pouvait vivre encore quelques siècles. Comme je m'approchais de lui, un léger nuage couvrit la lune... Il faisait noir sous la frondaison.

Au début, je ne remarquai rien de particulier... Mais, en jetant un coup d'œil de côté, mon cœur se serra violemment : la forme blanche était là, immobile auprès du buisson, à moitié chemin entre le chêne et la forêt. Mes cheveux se hérissèrent légèrement, mais je pris mon courage à deux mains et me dirigeai en avant.

C'était bien ma visiteuse nocturne. Quand je fus tout contre elle, la lune brilla de nouveau. Il semblait que la vision eût été tissée d'une brume laiteuse et diaphane. À travers son visage, je distinguais une branche que le vent agitait faiblement. Seuls, ses yeux et sa chevelure formaient des taches noires, et une grosse bague d'or brillait à un doigt de ses deux mains jointes.

Je m'arrêtai et voulus parler, mais les sons s'étranglèrent dans ma gorge, bien que je n'éprouvasse plus de frayeur, à dire vrai. Ses yeux me fixaient ; ils n'exprimaient ni joie ni tristesse, mais une sorte d'attention inerte. J'attendais qu'elle ouvrît la bouche, mais elle me dévisageait toujours de son regard sans vie. J'eus peur de nouveau.

« Me voici ! » m'écriai-je enfin avec effort.

Le son de ma propre voix me parut singulièrement assourdi.

« Je t'aime, souffla la femme.

— Tu m'aimes ? répétai-je au comble de l'étonnement.

— Sois à moi, reprît-elle à voix basse.

— Être à toi ?... Mais tu es un fantôme... Tu n'as même pas de corps... »

Un sentiment bizarre s'empara de moi.

« Qu'es-tu donc ? repris-je... Une fumée ? De l'air ?... Une vapeur ?... Que je sois à toi ?... Dis-moi d'abord qui tu es. As-tu vécu sur la terre ? D'où viens-tu ?

— Sois à moi. Je ne te ferai point de mal. Dis-moi seulement deux mots : « Prends-moi »...

Je la regardai... « Que dit-elle ? » me demandai-je... « Que signifie tout cela ? Comment fera-t-elle pour me prendre ? Dois-je essayer ? »

« Soit, proférai-je à voix haute, si fort que j'en fus moi-même intrigué (l'on eût dit qu'une main mystérieuse m'avait poussé par-derrière)... Prends-moi ! »

À peine avais-je prononcé ces mots que la femme spectrale, tout son corps secoué par un rire intérieur, fit un mouvement brusque dans ma direction et ouvrit les bras... Je voulus m'écarter... Trop tard : j'étais déjà à elle. Ses bras m'enlacèrent, mon corps se détacha du sol et nous nous envolâmes doucement, lentement, au-dessus de l'herbe humide...

V

Pris de vertige, je fermai involontairement les yeux... Je les rouvris au bout d'une minute. Nous volions toujours, mais la forêt avait disparu et une immense plaine, parsemée de taches noires, s'étendait sous nos yeux. Je me rendis compte, avec terreur, que nous avions déjà atteint une altitude impressionnante.

« Je suis perdu... Me voici aux mains de Satan ! » pensai-je dans un éclair... Jusque-là l'idée du Malin et la pensée de la mort n'avaient encore jamais effleuré mon esprit...»

Nous nous élevions toujours plus haut...

« Où m'emportes-tu ? fis-je dans un gémissement.

— Où tu voudras ! » répliqua ma compagne.

Elle se blottit contre moi, le visage presque collé au mien. Mais je sentais à peine ce contact.

« Ramène-moi sur la terre. Je ne me sens pas bien à cette hauteur.

— Soit. Seulement ferme les yeux et ne respire plus. »

Je m'exécutai et constatai aussitôt que j'étais en train de choir comme une pierre lancée de haut en bas. Quand je revins à moi, nous planions légèrement, presque au ras du sol, au point de frôler les herbes hautes.

« Remets-moi d'aplomb, suppliai-je. Quel plaisir y a-t-il à voler ? Je ne suis pas un oiseau.

— Je croyais que cela te serait agréable. C'est notre seule occupation.

— Votre seule occupation ? Mais qui êtes-vous donc ? »

Point de réponse.

« Tu n'oses pas me le dire ? »

Un son plaintif, analogue à celui qui m'avait réveillé la première nuit, vibra à mes oreilles. Nous nous déplacions toujours imperceptiblement dans l'air humide de la nuit.

« Lâche-moi ! » criai-je.

Ma compagne s'écarta légèrement, et je me retrouvai d'aplomb sur mes jambes. Elle s'arrêta devant moi, les bras croisés. Rasséréné, je la regardai dans les yeux ; son visage reflétait, comme avant, une tristesse soumise.

« Où sommes-nous ? lui demandai-je, ne reconnaissant pas l'endroit.

— Loin de chez toi, mais tu pourras y être en un clin d'œil.

— Comment cela ? Faut-il que je me confie à toi de nouveau ?

— Je ne t'ai pas fait de mal et ne t'en ferai point davantage. Volons jusqu'à l'aurore — c'est tout ce que je te demande. Je peux te conduire où tu voudras, dans n'importe quelle contrée... Donne-toi à moi !... Redis : prends-moi !

— Soit..., prends-moi ! »

Elle m'étreignit de nouveau ; mes pieds se détachèrent du sol ; nous nous envolâmes...

VI

« Où veux-tu aller ? me demanda-t-elle.

— Tout droit, toujours tout droit !

— Mais il y a un bois !

— Survole-le !... Seulement, ralentis ta course. »

Nous nous élançâmes vers le ciel comme l'étourneau qui vient de heurter la branche d'un bouleau. Ce n'était plus de l'herbe, mais d'épaisses frondaisons qui défilaient sous nos corps. Curieux spectacle que celui d'une forêt vue d'en haut : cela ressemblait à l'échine d'une bête gigantesque, hérissée de piquants, endormie au clair de lune. L'on entendait une sorte de bruissement sourd et continu. De temps en temps, nous survolions une clairière, recouverte, d'un côté dune ombre fine et crénelée... Parfois, le cri d'un lièvre nous parvenait d'en bas ; une chouette lui répondait, sur les hauteurs ; l'air avait une odeur de champignons, de bourgeons et d'herbe verte ; la lune répandait sa lumière froide et sépulcrale ; les étoiles scintillaient au-dessus de nos têtes...

Nous avions dépassé la forêt ; un ruban de brume coupait la plaine : c'était une rivière. Nous longeâmes sa rive, plantée de buissons immobiles et lourds d'humidité. Tantôt, les vagues du fleuve luisaient d'un éclat bleuté, tantôt elles roulaient, sombres et presque maussades. Par endroits, la surface de l'eau semblait voilée d'une mince pellicule de brouillard : c'étaient les corolles des nénuphars qui épanouissaient luxurieusement leurs pétales virginaux ; ils se savaient hors de notre atteinte. J'eus subite-

ment envie d'en cueillir un et me trouvai aussitôt tout près du
flot calme...

L'humidité me frappa brutalement au visage, comme je
cassais une tige rebelle. Nous voletâmes d'une rive à l'autre, pareils aux bécasses qui se réveillaient à notre passage, et que
nous poursuivions.

Parfois, nous croisions une famille de canards sauvages,
rangés en demi-cercle, au milieu d'une éclaircie entre les joncs.
Ils ne bougeaient pas ; c'est à peine si l'un d'eux sortait sa tête
de dessous son aile, regardait alentour et cachait de nouveau
son bec, d'un air affairé ; un autre cancanait doucement, et un
frisson léger agitait son plumage. Nous effrayâmes un héron ; il
se leva d'un cytise, en titubant maladroitement sur ses pattes et
agitant gauchement les ailes. Il ressemblait singulièrement à un
Prussien.

Les poissons ne faisaient pas entendre le moindre clapotis :
ils dormaient aussi, au fond de l'eau.

Je commençais à m'habituer à la sensation du vol et la
trouvais même presque agréable. Quiconque a volé en rêve me
comprendra. Alors, je tournai mes regards vers l'être mystérieux
à qui je devais de si invraisemblables aventures.

VII

C'était une femme au visage allongé et nullement russe. De teinte grisâtre, à moitié transparente, avec des ombres à peine accusées, elle évoquait un vase d'albâtre éclairé de l'intérieur. Et j'eus encore une fois l'impression de la connaître.

« Puis-je te parler ? lui demandai-je.

— Parle.

— J'aperçois une alliance à ton doigt... As-tu donc vécu sur notre terre ?... As-tu été mariée ?... »

Je me tus... Point de réponse...

« Quel est ton nom ?... Ou, du moins, comment t'appelais-tu ?

— Appelle-moi Ellys...

— Ellys ? C'est un nom anglais. Es-tu Anglaise ? M'as-tu connu autrefois ?

— Non !

— Comment se fait-il donc que tu me sois apparue, à moi précisément ?

— Je t'aime.

— Es-tu heureuse ?

— Oui... Nous volons et tournoyons tous les deux dans l'air pur et serein.

— Ellys ! fis-je tout à coup. N'es-tu pas une âme criminelle, une âme damnée ? »

Elle baissa la tête.

« Je ne te comprends pas, répondit-elle dans un souffle.

— Par le Seigneur..., commençai-je.

— Que dis-tu ? s'étonna-t-elle. Je ne te comprends pas... »

Il me sembla que son bras, qui m'enlaçait comme une ceinture glacée, remuait imperceptiblement.

« N'aie pas peur ! murmura-t-elle. N'aie pas peur, mon bien-aimé... »

Son visage se tourna et s'approcha du mien... Je sentis sur mes lèvres quelque chose d'étrange, comme un dard fin et moelleux... C'est ainsi que se collent parfois les sangsues inoffensives.

VIII

Je regardai en dessous. Nous avions pris de la hauteur et survolions un bourg provincial que je ne connaissais pas, bâti sur le large flanc d'un coteau.

Des clochers s'élevaient au-dessus de la masse sombre des toits de bois et des vergers ; un grand pont tranchait en noir sur le coude de la rivière ; tout était silencieux, engourdi de sommeil. Les coupoles et les croix semblaient briller elles-mêmes d'un éclat silencieux ; les perches hautes des puits voisinaient dans le silence avec les coiffes rondes des osiers ; une route blanchâtre s'enfonçait, sans bruit, dans la ville et en ressortait à l'autre bout, toujours muette, pour se plonger dans la morne étendue des champs monotones.

Je demandai :

« Quelle est cette ville ?

— C'est ...sov.

— ...sov, dans le gouvernement de ...oy ?

— Oui.

— Je suis loin de chez moi.

— Pour nous autres, il n'y a point de distance.

— Vraiment ? » répliquai-je.

Puis, pris d'un courage soudain :

« Eh bien, conduis-moi en Amérique du Sud !

— Cela n'est pas possible ; il y fait jour, à présent.

— Et nous sommes des oiseaux de nuit, n'est-ce pas ?... Eh bien, allons où tu voudras, mais le plus loin possible !

— Ferme les yeux et retiens ton souffle ! »

Nous nous élançâmes, rapides comme l'ouragan. L'air sifflait aux oreilles avec un bruit effrayant.

Nous nous arrêtâmes enfin, mais le bruit ne cessait pas. Au contraire, on entendait une sorte de fracas menaçant, un tonnerre assourdi...

« Tu peux rouvrir les yeux », dit Ellys.

IX

Je m'exécutai...

Seigneur, où étais-je ?... Des nuages lourds et gris se bousculaient, se poursuivaient au-dessus de ma tête, comme un troupeau de monstres féroces... Et là-bas, tout en bas, une mer furieuse, déchaînée... L'écume blanche brille d'un éclat de fièvre et bouillonne en collines d'eau ; des lames échevelées se ruent avec fracas sur un rocher immense et noir comme du goudron. Les hurlements de l'ouragan, le souffle glacial du gouffre effréné, le bruit lourd des vagues, où résonnent des cris d'angoisse, des coups de canon lointains, le tocsin, le grincement aigu et déchirant des galets, le cri inattendu d'une mouette invisible, la coque fragile d'un navire perdu dans l'horizon de brume, tout cela me parle de la mort, de la mort et de l'épouvante...

La tête me tourna de nouveau, et je fermai les yeux...

« Qu'est-ce donc ? Où sommes-nous ?

— Sur la rive sud de l'île de Whight, et cette masse noire est le rocher de Blackgant... Bien des navires s'y sont échoués », répondit-elle nettement cette fois-ci et non sans une joie maligne, me sembla-t-il.

« Emporte-moi loin d'ici... Oh ! très loin !... Chez moi..., chez moi !... »

Je me recroquevillai et serrai mon visage entre mes mains... Nous volions encore plus vite ; le vent ne hurlait plus :

il poussait des grincements aigus dans ma chevelure, dans mes vêtements... Le souffle me manquait...

« Pose tes pieds à terre », me dit Ellys.

Je m'efforçai de retrouver mes esprits, de remettre de l'ordre dans mes idées... Mes semelles sentaient le ferme contact du sol... Je n'entendais plus un bruit, comme si tout s'était tu autour de moi... Seul mon sang battait à mes tempes une cadence déchaînée et la tête me tournait faiblement, avec un léger bruit intérieur... Je me redressai et ouvris les yeux...

X

Nous étions au barrage de mon étang. Juste devant moi, à travers les feuilles pointues des cytises, j'apercevais la surface paisible de l'eau, où s'éparpillaient encore quelques filaments de brume. À droite, on voyait le champ de seigle, avec son éclat mat ; à gauche, les arbres du jardin, sveltes, immobiles, embués de rosée... Le souffle du matin les avait déjà fait frissonner...

Deux ou trois nuages obliques — on les aurait pris pour des traînées de fumée — défilaient dans le ciel, pur et gris. Les premiers rayons de l'aurore les colorèrent de jaune tendre. Je n'arrivais pas encore à distinguer la ligne d'horizon, qui commençait seulement à blanchir imperceptiblement à l'endroit où le soleil devait se lever.

Les étoiles s'éteignirent ; rien ne bougeait encore, bien que tout s'éveillât dans le charme silencieux de la pénombre matinale.

« Le jour ! Voici le jour ! s'écria Ellys, tout contre mon oreille... Adieu !... À demain !... »

Je me retournai... Elle se détacha légèrement du sol, passa lentement devant moi, leva ses deux bras au-dessus de la tête. Et soudain la tête et les bras prirent l'éclat chaleureux de la chair ; des lueurs de vie brillèrent dans ses yeux sombres ; le sourire d'une jouissance secrète entrouvrit ses lèvres incarnadines...

Une femme charmante apparut devant moi... Mais, défaillante, elle se renversa aussitôt en arrière et s'évanouit comme une vapeur.

Je ne bougeai pas.

En regardant autour de moi, il me sembla que cet éclat charnel, cette teinte rosé pâle ; qui avait souligné les contours de la vision, était restée en suspens dans l'air du matin... C'était l'aube qui pointait.

Je ressentis soudain une lassitude extrême et me dirigeai vers la maison.

En passant devant la basse-cour, je perçus le balbutiement matinal des canards (toujours les premiers levés). Des corbeaux, perchés le long de la toiture, vaquaient à leur toilette, pressés et silencieux ; leurs silhouettes se détachaient nettement sur un fond de ciel laiteux... Par moments, ils s'envolaient, en bande, décrivaient quelques cercles et revenaient se poser en rang, sans un cri... Le bois tout proche retentit à deux reprises du chant frais et rauque d'un coq de bruyère qui venait de descendre dans l'herbe touffue, couverte de rosée et de baies... Je tressaillis légèrement, allai me mettre au lit et m'endormis incontinent.

<h1 style="text-align:center">XI</h1>

La nuit suivante, je me rendis sous le vieux chêne. Ellys s'élança à ma rencontre comme si j'avais été déjà une vieille connaissance. Je ne la craignais plus, comme la veille ; j'étais presque heureux de la retrouver et n'essayais même pas de voir clair en moi-même. J'avais seulement envie de voler encore plus loin au-dessus d'étranges contrées.

Le bras d'Ellys m'enlaça de nouveau et nous nous déta-châmes du sol.

« Allons en Italie, lui soufflai-je à l'oreille.

— Où tu voudras, mon bien-aimé », répondit-elle d'une voix douce et grave.

Elle tourna son visage et il ne me parut plus aussi transparent que la veille ; il y avait en même temps quelque chose de plus féminin et de plus sérieux, et qui me rappelait l'être charmant entrevu à l'aube, au moment de nous quitter.

« Cette nuit est une grande nuit, reprit ma compagne. Elle est rare…, seulement lorsque sept fois treize… — là-dessus, quelques mots m'échappèrent, — les secrets se dévoilent à cette heure…

— Ellys ! suppliai-je. Qui es-tu ? Dis-le-moi enfin ! »

Elle leva son bras blanc sans répondre. La trace rouge d'une planète brillait au ciel noir, à l'endroit qu'elle désignait de son index tendu, au milieu des petites étoiles.

« Comment dois-je te comprendre ?... Est-ce que, pareille à cette comète qui navigue entre les planètes et le soleil, tu navigues entre les hommes et... et quoi ? »

Mais sa main me couvrit soudain les yeux... comme si la brume laiteuse d'une humide vallée m'avait frappé au visage...

« En Italie !... En Italie ! chuchota-t-elle. Cette nuit est une grande nuit !... »

XII

La brume se dissipa et j'aperçus, sous moi, une plaine interminable. Mes joues éprouvaient le contact d'un air chaud et doux ; je compris que je n'étais plus en Russie ; d'ailleurs, la plaine que je voyais ne ressemblait pas aux nôtres. C'était un espace sans limite et morose, désertique et pelé ; çà et là, quelques étangs, miroitant comme les fragments d'une glace brisée ; au loin, je devinais confusément la mer, immobile et silencieuse. D'immenses étoiles resplendissaient au milieu des nuages, beaux et grands ; et j'entendais s'élever de toutes parts le trille de mille voix, incessant, mais suave... Que de beauté dans ce crépitement perçant, mais rêveur, dans cette voix nocturne du désert !...

« Ce sont les marais Pontins, fit Ellys. Entends-tu les grenouilles ? Sens-tu l'odeur de soufre ?

— Les marais Pontins ?... répétai-je, et un sentiment de morne solennité envahit mon être. Mais pourquoi m'as-tu conduit dans ce lieu de désolation ? Ne ferions-nous pas mieux d'aller à Rome ?

— Elle est toute proche, répondit Ellys... Attention à toi ! »

Descendant légèrement, nous survolâmes une vieille voie romaine. Un buffle leva lentement, au-dessus du marais gluant, sa tête échevelée et monstrueuse, avec des mèches plantées dru entre les cornes recourbées. Il regarda de biais, avec des yeux méchants et stupides, et renifla de ses naseaux moites, comme s'il nous avait sentis...

« Rome est tout près..., tout près, soufflait Ellys. Regarde devant toi..., regarde ! »

Je levais les yeux.

Quelle est cette tache noire, perdue à l'horizon du ciel nocturne ? Sont-ce les hautes arches d'un pont gigantesque ? Quel fleuve dominent-elles ? Pourquoi sont-elles détruites par endroits ?... Non, ce n'est pas un pont, mais un vieil aqueduc. Tout autour s'étendent les terres sacrées de la campagne, et là-bas, au loin, les cimes des monts Albains et l'échine chenue de l'aqueduc s'allument d'un éclat mat, sous les rayons de la lune perchée au firmament...

Nous prîmes brusquement de la hauteur, pour nous arrêter au-dessus des ruines d'un monument isolé.

Qu'était-ce : un sépulcre ? un palais ? une tour ?... Un lierre noir l'enlaçait avec force dans son étreinte mortelle... Et, en bas, le trou béant de ses voûtes à moitié démolies s'ouvrait comme la gueule d'un grand fauve. Une odeur lourde et caverneuse émanait de ce monticule de pierrailles qui avait perdu depuis longtemps son revêtement de granit.

« C'est ici, dit Ellys, en levant la main... Ici !... Répète à trois reprises le nom d'un grand Romain, répète-le tout haut !

— Que se produira-t-il alors ?

— Tu le verras. »

Je réfléchis un moment... Puis m'écriai soudain : « Divus Caius Julius Caesar !... Divus Caius Julius Caesar... Caesar ! » répétai-je en faisait traîner les sons.

XIII

Ce dernier écho de ma voix n'avait pas encore expiré que j'entendis...

Il m'est difficile de vous décrire ce que j'entendis. Au début, ce fut une rumeur confuse, à peine perceptible, faite d'éclats incessants de fanfares et d'applaudissements... Quelque part au loin, très loin, au fond d'un insondable précipice, une foule innombrable s'agitait tout à coup, poussait des cris et des exclamations, montait lentement vers moi, comme dans un rêve, un songe étouffant, long de plusieurs siècles... Ensuite, l'air se déplaça et devint noir, au-dessus des ruines... Je crus discerner des ombres, des myriades d'ombres et de contours, arrondis comme des casques, élancés comme des piques ; les rayons de la lune se brisaient comme des éclairs bleuâtres et fugitifs sur ces casques et ces lances — et l'armée tout entière approchait en foule, grossissait à vue d'œil, s'agitait de plus en plus furieusement... On la sentait animée d'une énergie invincible, capable de soulever un monde ; mais aucun de ses contours ne se dessinait nettement... Et soudain, une sorte de frisson parcourut cette masse, comme si des vagues immenses s'étaient écartées pour livrer passage... « Caesar !... Caesar venit ! » entendis-je... Et le bruit des voix était semblable à celui d'une forêt brusquement secouée par l'ouragan... Une sourde rumeur ; une tête pâle et sévère, ceinte d'une couronne de lauriers, les paupières baissées, se dressa lentement au-dessus des ruines — le profil de l'empereur...

Le langage des hommes est impuissant à dépeindre la terreur qui s'empara de moi. Il me semblait qu'il suffisait que l'empereur soulevât ses paupières et entrouvrît ses lèvres pour que je mourusse aussitôt... Je gémis :

« Ellys... Je ne veux pas... Je ne veux pas de cette Rome grossière et effrayante... Allons-nous-en !... Allons-nous-en !

— Poltron ! » fit-elle.

Nous repartîmes à toute volée. J'eus le temps de percevoir le tonnerre des légions qui acclamaient leur chef..., puis tout s'évanouit...

XIV

« Regarde autour de toi, me souffla Ellys, et apaise ton âme. »

J'obéis. Et je me rappelle que ma première impression fut tellement suave que je pus seulement pousser un soupir. J'étais enveloppé d'une brume bleuâtre, argentée, douce et lumineuse... Au début, je ne distinguai rien, mais progressivement, je vis émerger les contours de montagnes et de forêts grandioses. Au-dessous de moi, la nappe pure d'un lac, avec des étoiles qui tremblaient dans ses profondeurs et des vagues expirant doucement sur ses rives. Un parfum d'oranges me baigna le visage ; une voix de jeune femme, forte et mélodieuse, parvenait en vagues à mes oreilles. Cette senteur et ce chant m'attiraient en bas ; je descendis en planant et me posai... sur le toit d'un magnifique palais de marbre blanc, qui semblait si accueillant, au milieu d'un bosquet de cyprès.

Le chant s'épandait par les croisées largement ouvertes ; les vagues du lac, parsemé d'une myriade de fleurs, caressaient les murs du palais ; de l'autre côté, au milieu des eaux, s'élevait une île haute et circulaire, vêtue d'orangers et de lauriers, inondée de brume lumineuse, couverte de statues, de colonnes élancées, de portiques divins...

« Isola Bella, dit Ellys. Lago Maggiore... »

Je fis seulement « Ah ! » et continuai de descendre. La voix de la chanteuse me parvenait de plus en plus claire et distincte... Je me sentais irrésistiblement entraîné vers le palais... Je voulais voir le visage de la musicienne qui faisait vibrer une telle nuit d'une semblable mélodie... Nous nous arrêtâmes auprès d'une fenêtre.

Une jeune femme était assise devant un piano, au milieu d'une pièce décorée dans le style pompéien et plus proche d'un temple antique que d'un salon moderne. Autour d'elle, des sculptures grecques, des vases étrusques, des plantes rares, des tissus précieux ; la lumière était diffusée par deux lampes encloses dans des coupes de cristal.

La tête légèrement rejetée en arrière, les paupières à moitié baissées, la musicienne chantait un air italien ; un sourire léger rayonnait sur son visage, bien que les traits fussent empreints d'une certaine solennité, voire d'austère gravité — indice d'une volupté parfaite... Elle souriait..., et un faune de Praxitèle, jeune comme elle, paresseux, efféminé, sensuel, semblait lui répondre, de son coin, derrière les branches d'un oléandre, à travers une fumée légère qui montait d'un encensoir de bronze posé sur un trépied.

La jeune fille était seule. Charmé par la musique, la beauté, l'éclat et les parfums de la nuit, pénétré jusqu'au fond de l'âme par le spectacle de ce bonheur jeune, serein et lumineux, j'oubliai ma compagne, j'oubliai l'étrange manière dont j'étais devenu le témoin de cette vie lointaine... J'allais enjamber le rebord de la croisée et engager la conversation...

Tout mon corps fut secoué par une violente commotion, comme si j'avais été électrocuté. Je me retournai... Le visage d'Ellys était sévère et terrible — quoique toujours transparent ; ses yeux grands ouverts étincelaient de colère...

« Allons-nous-en ! » proféra-t-elle à voix basse et d'un ton furieux...

De nouveau, nous commençâmes à décrire des cercles dans les ténèbres et je sentis que la tête me tournait... Mais cette fois-ci ce n'était plus la clameur des légions, c'était la voix de la chanteuse qui me hantait...

Nous nous arrêtâmes enfin. La même note aiguë résonnait toujours à mes oreilles, bien que je respirasse un air et des senteurs tout à fait autres. Une fraîcheur fortifiante me fouetta au visage, comme si nous étions au voisinage d'un grand fleuve ; je percevais une odeur de foin, de fumée et de chanvre. J'entendis encore une note longuement tenue, une autre, puis une troisième... Il y avait dans ce chant quelque chose de si caractéristique, les notes graves et aiguës m'étaient si familières que, sans hésiter une seconde, je me dis : « C'est un Russe qui chante. » Au même instant, je commençai à voir clair autour de moi.

XV

Nous survolions le rivage plat d'un grand fleuve. Des prés, fraîchement fauchés et hérissés d'énormes meules de foin, s'étendaient à notre gauche et allaient se perdre dans le lointain ; à droite, un fleuve majestueux déroulait sa surface sereine, égale, sans un pli. De grandes barques sombres, ancrées près du bord, se balançaient doucement, hochant les sommets de leurs mâts, pointés comme des index. L'une d'elles se signalait par un brasier dont les longs reflets rouges tremblaient et oscillaient sur l'eau ; le chant que j'avais entendu, montait de cette barque-là. D'autres feux se jouaient çà et là sur le fleuve et dans les champs, sans que l'œil pût déterminer leur distance ; d'innombrables cigales frottaient leurs élytres, et le bruit qu'elles produisaient n'avaient rien à envier à celui des grenouilles des marais Pontins... Des cris d'oiseaux inconnus résonnaient par intervalles sous le ciel sans nuages, mais bas et sombre.

« Nous sommes en Russie ? demandai-je à Ellys.

— C'est la Volga », répondit-elle.

Nous survolions toujours le rivage.

« Pourquoi m'as-tu arraché à ce pays merveilleux ? commençai-je. Étais-tu donc jalouse ?... Dis-moi, est-ce réellement la jalousie qui s'est éveillée en toi ? »

Les lèvres d'Ellys tremblèrent légèrement et une lueur de colère passa dans ses yeux... Cela ne dura qu'un instant, et presque aussitôt son visage redevint impassible.

« Je veux rentrer chez moi, lui dis-je alors.

— Attends, attends..., répliqua-t-elle. Cette nuit est une grande nuit ; elle ne reviendra pas de sitôt... Tu vas pouvoir être témoin de... Attends ! »

Obliquant tout d'un coup, nous traversâmes la Volga en volant très bas, presque au ras de l'eau, mais d'un vol convulsif, telles des mouettes avant l'orage. Des vagues écumantes grondaient sourdement sous nos corps ; un vent violent nous frappait de son aile robuste et glaciale... L'autre rive, escarpée, se dressa bientôt devant nous, dans la pénombre... Des rochers à pic et crevassés... Nous les approchâmes.

« Crie : *Sarine na kitchka*[1] ! » me souffla Ellys.

Je me souvins de mon épouvante à l'apparition des fantômes romains ; j'étais las et terriblement triste ; mon cœur me semblait fondre comme de la cire ; je n'osais pas prononcer l'invocation, sachant d'avance que quelque chose de monstrueux allait surgir à mon appel, comme dans la Vallée des Loups du *Freischütz*.

Mes lèvres s'entrouvrirent malgré moi et, involontairement, je m'exclamai, d'une voix faible, mais tendue :

« Sarine na kitchka ! »

---

[1] Cri de guerre des brigands de Stenka Razine. Intraduisible.

XVI

Au début, comme devant les ruines romaines, il n'y eut que le silence... Mais, soudain, j'entendis à mon oreille le rire grossier d'un haleur ; quelque chose tomba à l'eau avec une plainte et coula à pic.

Je scrutai les ténèbres ; pas une âme qui vive... Tout à coup, un vacarme assourdissant dont l'écho se répercuta sur le rivage. Il y avait de tout dans ce chaos de bruits : des râles, des cris aigus, des injures exaspérées et des rires — surtout des rires —, des coups de rame et des coups de hache, le bruit de portes enfoncées et de coffres disloqués, le grincement des mâts et des roues... Galop de chevaux, glas du tocsin, frôlement de chaînes, sifflements et hurlements d'incendie, chants d'ivrognes et refrains scandés, sanglots déchirants, plaintes terrifiantes, imprécations affreuses, râles de moribonds et sifflements des bandits, vociférations et danses trépignées... « À mort ! Frappez !... Pendez !... Noyez !... Massacrez !... Bravo !... Bravo !... Pas de merci !... » Ces cris montaient vers moi, et j'entendais même des hommes qui haletaient, à court de souffle...

Et cependant, tout alentour, aussi loin que l'œil pouvait percer les ténèbres, il ne se produisait rien, pas de mouvement : le fleuve roulait, mystérieux et presque morne ; le rivage semblait sauvage et désertique...

Je me tournai vers Ellys, mais elle mit un doigt sur ses lèvres.

« Stenka ! Voici Stenka Razine !... »

La clameur retentissait tout à nos oreilles.

« Le voici, notre père, notre ataman, notre défenseur ! »

Je ne voyais toujours rien, mais il me sembla, tout à coup, qu'un corps gigantesque s'avançait vers moi...

« Frolka ! Où es-tu, fils de chienne ? tonna une voix terrible. Mets le feu partout et taille-les à coups de hache, ces propres à rien ! »

La chaleur d'une flamme me frappa au visage ; je sentis une âcre odeur de roussi ; un liquide tiède, comme du sang, m'éclaboussa le visage et les mains... Des rires sauvages fusaient de toutes parts...

Je m'évanouis... Quand je revins à moi, nous glissions tout doucement dans les airs, au-dessus de la forêt que je connaissais bien, tout droit vers le vieux chêne.

« Vois-tu ce sentier, où la lune luit à travers la brume, où deux jeunes bouleaux inclinent leurs têtes ?... Veux-tu que nous allions là-bas ? »

J'étais tellement brisé, épuisé, que je ne pus que murmurer :

« Chez moi !... Chez moi !...

— Tu y es ! » répliqua Ellys.

Effectivement, j'étais devant ma porte, tout seul. Ellys avait disparu. Le chien s'approcha de moi, me dévisagea d'un air soupçonneux et s'éloigna en aboyant.

J'eus à peine la force de me traîner jusqu'à mon lit et m'endormis tout habillé.

XVII

Pendant tout le lendemain matin, j'eus une migraine affreuse et traînai pitoyablement la patte. Pourtant, je ne faisais pas attention à mon état physique ; le remords me rongeait, le dépit m'étouffait...

Je pestais contre moi-même :

« Poltron ! me répétais-je tout le temps. Ellys avait raison... De quoi avais-je peur ? Il fallait profiter de l'aubaine... J'aurais pu voir César, et, au lieu de cela, je me suis mis à geindre, j'ai fui, comme un enfant devant les verges... Bien sûr, pour Stenka Razine, cela était différent, et j'admets qu'en ma qualité de gentilhomme et de propriétaire foncier... Et, même là, je n'avais rien à craindre !... Lâche !... Poltron !... Mais, au fond, peut-être ai-je rêvé ?... »

J'appelais mon intendante :

« Dis-moi, Marthe, à quelle heure me suis-je couché hier ? Est-ce que tu t'en souviens ?

— Je n'en sais rien, maître..., tard, sans doute... Tu es sorti au crépuscule... Et bien après minuit je t'ai entendu marcher dans ta chambre... Tu as dû te coucher juste avant le lever du soleil... Oui, c'est cela... Et avant-hier aussi... Est-ce que tu as des soucis ? »

« Eh bien, me dis-je, voilà qui prouve que j'ai vraiment volé... »

« Quelle mine ai-je aujourd'hui ? demandai-je tout haut.

— Quelle mine ? Laisse-moi te regarder... Tu as l'air fatigué... Et puis tu es bien pâle : pas une goutte de sang au visage. »

Je frissonnai..., et renvoyai Marthe.

« Si cela continue, je ne vais pas tarder à mourir ou à devenir fou, raisonnai-je, assis à la croisée... Il faut en finir. C'est trop dangereux. Mon cœur bat trop nerveusement... D'ailleurs, toutes les fois que je vole, j'ai l'impression qu'on me suce le sang ou que je le perds goutte à goutte — comme la sève s'écoule du bouleau, au printemps, sous la cognée... Et pourtant c'est bien dommage... Quant à Ellys, elle joue avec moi comme le chat avec la souris... Toutefois, je ne crois pas qu'elle me veuille du mal... Je vais me laisser faire une dernière fois, cela me permettra de voir beaucoup de choses inconnues... Et si elle boit mon sang ? C'est terrible !... En outre, une pareille allure ne doit être recommandée à personne : ne dit-on pas que même en Angleterre il est interdit aux trains de dépasser une vitesse de cent vingt verstes à l'heure ?... »

Ainsi m'étais-je dit, mais avant que neuf heures du soir aient sonné, je me trouvais sous le vieux chêne.

XVIII

La nuit était froide, morne et grise ; il régnait une odeur de pluie. À ma vive surprise, il n'y avait personne sous le chêne... Je me mis à tourner autour de l'arbre, allai jusqu'au bord de la forêt, retournai au chêne, scrutai l'obscurité... Tout était désert. J'attendis quelques minutes, puis répétai le nom d'Ellys, toujours plus fort... Elle n'apparaissait toujours pas... Une tristesse indicible et presque douloureuse s'empara de moi ; mes appréhensions s'étaient évanouies ; je ne pouvais pas accepter l'idée que ma compagne ne vînt pas.

« Ellys ! Ellys !... Viens ! Est-il possible que tu ne reviennes plus ? » m'écriai-je pour la dernière fois.

Un corbeau, réveillé par mes cris, s'agita dans les branches hautes de l'arbre voisin et se mit à battre des ailes, empêtré dans le feuillage... Et toujours point d'Ellys...

Je rentrai, tête basse. Devant moi, j'apercevais déjà les taches noires des cytises sur le barrage de l'étang. La fenêtre éclairée de ma chambre m'apparut entre les pommiers du jardin, puis se cacha, comme un œil qui m'aurait guetté.

Tout à coup, j'entendis un sifflement assourdi, comme si l'air était fendu rapidement... Quelque chose m'enlaça parderrière... me souleva... C'est ainsi que le vautour saisit la perdrix dans ses serres... Ellys ! Je sentis sa joue appuyée sur la mienne, l'étreinte de son bras autour de mon corps et, tel un petit frisson aigu, son murmure me perça l'oreille...

« Me voici ! »

J'étais tout à la fois heureux et effrayé... Nous volâmes, bas au-dessus du sol.

« Tu ne voulais pas venir aujourd'hui ? lui demandai-je.

— Et toi, tu t'es ennuyé sans moi ? Tu m'aimes donc ? Oh ! tu es à moi ! »

Ses paroles me remplirent de confusion et je ne sus quoi lui dire.

« On m'a retenue, poursuivit-elle, on m'a épiée...

— Qui pouvait te retenir ?

— Où veux-tu que nous allions ? me demanda-t-elle, à son tour, éludant la réponse, selon sa coutume.

— Conduis-moi en Italie, près de ce lac... T'en souviens-tu ? »

Elle s'écarta légèrement et secoua la tête négativement. Pour la première fois, je m'aperçus alors qu'elle n'était plus transparente. Son visage avait pris des couleurs et une teinte rosée s'était répandue sur sa pâleur de brume. Je la regardai dans les yeux... et eus peur : quelque chose bougeait au fond de son regard, d'un mouvement lent, mais incessant et sinistre, comme celui du serpent, frileusement roulé sur lui-même, que le soleil commence à réchauffer.

« Ellys ! m'écriai-je, qui es-tu ?... Dis-le-moi, enfin ! »

Elle se contenta de hausser les épaules.

J'éprouvai un vif sentiment de dépit..., résolus de me venger, et subitement je songeai à lui demander de me conduire à Paris.

« Là-bas, au moins, tu auras lieu d'être jalouse », pensai-je.

Et je dis à haute voix :

« Ellys, est-ce que tu n'as pas peur des grandes villes ? De Paris, par exemple ?

— Non.

— Non ? Pas même de ces endroits où il fait aussi clair que sur les grands boulevards ?

— Non, car ce n'est pas la lumière du jour.

— Parfait ! Eh bien, conduis-moi donc sur le boulevard des Italiens... »

Elle me couvrit la tête du bout de sa longue manche. Aussitôt je sombrai dans une sorte de brume blanche saturée de pavot. Tout disparut : toute lumière, tout bruit, toute conscience même... Seule, la sensation de vivre subsistait encore — et cela n'était point déplaisant. Brusquement, la brume se dissipa. Ellys avait relevé sa manche et je distinguai, sous moi, une masse dense de bâtiments, inondée de lumière, de bruit et de mouvement... Paris !

XIX

Comme j'avais déjà visité Paris, je n'eus pas de peine à reconnaître l'endroit où se dirigeait ma compagne. C'était le jardin des Tuileries, avec ses marronniers vétustes, ses grilles, son fossé et son horloge enrouée. Nous survolâmes le Grand Palais, l'église Saint-Roch — l'empereur Napoléon avait fait couler pour la première fois du sang français sur les marches de ce temple —, et nous arrêtâmes très haut au-dessus du boulevard des Italiens, à l'endroit même où Napoléon III avait également versé le sang français. Des dandies jeunes et vieux, des hommes en sarrau et des femmes somptueusement élégantes se pressaient sur les trottoirs ; restaurants et cafés brillaient de tous les feux de leurs enseignes dorées ; des omnibus et des voitures de toutes les sortes et de tous les genres roulaient sur la chaussée ; aussi loin que je pouvais voir, tout était lumière et bouillonnement... Fait étrange, je n'avais nulle envie d'approcher cette fourmilière humaine. Il me semblait qu'une lourde vapeur, chaude et rougeâtre, montait jusqu'à nous — encens ou puanteur, je ne pouvais le dire, car trop de vies s'y confondaient... J'hésitais...

Tout à coup, j'entendis la voix perçante d'une fille du trottoir, une voix de crécelle, insolente comme une grimace. Elle me perça comme le dard d'un reptile. Je m'imaginai incontinent un visage pétrifié, pommettes saillantes, avide, vulgaire, bien parisien, des yeux d'usurier, du blanc, du rouge, des boucles, un bouquet criard de fleurs artificielles sur un chapeau pointu, des ongles taillés en griffes, une crinoline grotesque... Je me figurai un habitant de nos steppes sautillant sur les traces de cette poupée vénale... Je le vis, confus jusqu'à la grossièreté, s'efforçant de grasseyer, imitant les manières des garçons de chez Velfour, servile, empressé, faisant le beau et se trémoussant — et une nausée me monta à la gorge.

« Eh non, me dis-je, Ellys n'aura pas lieu d'être jalouse... »

Cependant, je m'aperçus que nous descendions lentement... Paris semblait monter à notre rencontre, avec tout son vacarme et son atmosphère suffocante...

« Arrête-toi, demandai-je à Ellys... Est-il possible que tu n'étouffes pas ici ?

— N'est-ce pas toi qui m'as demandé de te conduire ici ?

— J'ai eu tort... Je reprends mes paroles... Emporte-moi loin d'ici, Ellys, je t'en supplie... Tiens, voici le prince Koulmametov qui traîne sa patte sur les boulevards..., et son ami Serge Varaxine lui fait de grands signes en criant ; « Ivan Stépanovitch, allons vite souper, j'ai engagé Rigolboche en personne ! » Emporte-moi loin de ces Mabille et de ces Maison Dorée, de ces gandins et de ces biches, du Jockey-Club, du Figaro, des troupiers à crâne rasé, des casernes luisantes de propreté, des sergents de ville à barbiche courte, des verres d'absinthe trouble, des joueurs de dominos installés à la terrasse des cafés, des commis à la Bourse, des boutonnières rouges accrochées aux vestes et aux manteaux, de ce monsieur de Foix spécialisé dans le mariage sérieux, des consultations gratuites du docteur Charles Albert, des conférences libérales, des brochures gouvernementales, du drame et de l'opéra de Paris, de l'ignorance et des calembours faciles... Allons-nous-en ! Vite, allons-nous-en...

— Regarde en bas, me dit Ellys, tu n'es plus à Paris. »

Je baissai les yeux... Elle ne m'avait pas trompé ; une plaine sombre sillonnée de lignes blanches — des routes — fuyait au-dessous de nous... Et, très loin derrière, le vaste reflet des lu-

mières innombrables de la capitale du monde embrasait l'horizon de lueurs d'incendie...

XX

Mes yeux se voilèrent encore de brume... Derechef, je perdis connaissance... Puis la brume se dissipa... Qu'est-ce là-bas, sous nos corps ? Qu'est-ce que ce parc avec des tilleuls bien alignés, des sapins isolés taillés en forme de parasol, des portiques et des temples de style Pompadour, des satyres et des nymphes à Bernini, des tritons rococo, trônant au milieu de lacs entourés d'une basse balustrade de marbre noirci ?... Est-ce Versailles ?... Non, ce n'est pas la cité du Roi-Soleil...

Un petit palais de style rococo se dessinait au milieu de quelques chênes frisés... La lune, embuée de vapeur, luisait d'un éclat terne, et une brume très fine descendait du ciel. Était-ce la lumière de la lune ou le brouillard ? Sur un lac, un cygne dormait, et son dos oblong formait une tache blanche comme la neige des steppes glacées ; des vers luisants brillaient, pareils à des diamants, dans l'ombre bleue des statues.

« Nous sommes près de Mannheim... C'est le jardin de Schweitzing », me souffla Ellys.

« Nous voilà donc en Allemagne », me dis-je en tendant l'oreille. Tout était silencieux, à l'exception d'un jet d'eau qui bruissait doucement. Il semblait répéter sans arrêt les mêmes mots : « Oui, oui, oui, toujours oui... » Tout à coup, je crus voir au milieu d'une allée, entre les haies de verdure, la silhouette mignarde d'un seigneur qui offrait le bras à une dame en perruque poudrée et robe de brocart, et s'avançait gravement sur ses talons rouges. Il avait un pourpoint doré, des manchettes de dentelle, une petite épée en acier au côté... Étranges visages,

visages blêmes... J'eus envie de les voir plus distinctement... Mais tout s'évanouit et il ne resta plus que le babillage de l'eau...

« Ce sont des songes errants, murmura Ellys... La nuit passée, nous aurions pu voir beaucoup de choses »..., beaucoup de choses, mais aujourd'hui les songes eux-mêmes fuient l'œil des hommes... En avant... En avant !... »

Nous reprîmes de la hauteur et poursuivîmes notre vol. Notre mouvement était si calme et régulier qu'il semblait que nous fussions immobiles et que la terre se déplaçât à notre rencontre. De sombres montagnes accidentées et couvertes de forêts, apparurent au loin, commencèrent à grandir et s'avancèrent majestueusement dans notre direction... Bientôt, elles se déroulèrent sous nos corps avec tous leurs contours, leurs vallées, leurs petits plateaux, les feux de leurs hameaux endormis au bord des torrents furieux, au fond des vaux... D'autres montagnes leur succédèrent... Nous étions au cœur de la Forêt-Noire.

Encore des montagnes, toujours des montagnes... Enfin une forêt, superbe, vieille, puissante. Le ciel de nuit était clair, et j'identifiais sans peine chaque espèce d'arbre ; les mélèzes, avec leurs troncs blancs et élancés, me semblaient particulièrement beaux... Parfois, dans les clairières, j'apercevais des chèvres sauvages ; nerveuses et attentives sur leurs jarrets effilés, elles dressaient leurs grandes oreilles en tambour et tournaient la tête de côté avec infiniment de grâce.

Les ruines d'une tour, debout au sommet d'un dénudé, montraient avec tristesse leurs créneaux ***gles[2] et délabrés ; une petite étoile pacifique scintillait au-dessus de ces vieilles pierres oubliées... Le cri des crapauds s'élevait du fond d'un lac presque noir, comme une plainte mystérieuse, et ce cri me serrait le cœur... Je croyais aussi percevoir d'autres sons, prolongés

----

[2] Mot incomplet.

et langoureux comme ceux d'une harpe éolienne... J'étais au pays des légendes !... La brume fine et lumineuse qui m'avait tellement frappé à Schweitzing se répandait sur toutes choses et s'épaississait à mesure que nous dépassions les montagnes... Je comptai cinq, six, dix tons différents de couches d'ombres sur les saillies des rochers ; et la lune régnait, rêveuse, au-dessus de cette diversité silencieuse. L'air se déplaçait doucement, légèrement... Moi-même je me sentais tout léger, quoique grave et triste...

« Ellys, tu dois aimer ce pays...

— Je n'aime rien.

— Comment cela ?... Et moi, tu ne m'aimes donc pas ?

— Si..., je t'aime », répondit-elle, indifférente.

Il me sembla que son bras resserrait son étreinte.

« En avant... En avant !... » fit Ellys, avec une sorte d'enthousiasme glacé.

« En avant ! » répétai-je.

XXI

Un cri perçant, vibrant, aigu, déchira nos oreilles et se répercuta en avant de nous.

« Ce sont des cigognes attardées qui arrivent du Nord et se rendent chez vous, dit Ellys. Veux-tu les rejoindre ?

— Oui, oui !... Emporte-moi vers elles ! »

Nous prîmes notre élan et rattrapâmes les échassiers en un clin d'œil.

Grandes et belles (il y en avait treize), les cigognes volaient en triangle ; leurs ailes faisaient des mouvements brusques et rares. La tête et les pattes tendues, le poitrail bombé, elles volaient à une vitesse prodigieuse ; l'air sifflait tout alentour... Quel spectacle magnifique que celui de cette vie intense et énergique, de cette volonté implacable, qui s'exerçait si haut, si loin de tout être vivant !... Sans jamais interrompre leur vol, elles interpellaient celles de leurs compagnes qui volaient en avant, avec le chef, et dans leurs cris puissants, dans ce colloque sous les nuages, l'on sentait une fierté, une gravité, une foi inébranlable dans leurs propres forces... Elles semblaient s'encourager mutuellement et se dire : « Nous parviendrons au but, si difficile que cela soit ! » Et je songeai qu'il est peu d'hommes en Russie — que dis-je ? dans tout l'univers — qui soient aussi audacieux que ces oiseaux-là !

« Nous allons en Russie, me dit Ellys (ce n'était pas la première fois que je m'apercevais qu'elle savait deviner mes pensées)... Veux-tu rentrer chez toi ?

« — Oui... ou plutôt non... Je suis allé à Paris ; conduis-moi à Saint-Pétersbourg.

— Tout de suite ?

— Oui, tout de suite... Mais couvre-moi la tête de ton voile, car je commence à me sentir mal... »

Elle leva le bras... Mais avant que la brume ne m'enveloppât, j'eus le temps de sentir sur mes lèvres le contact d'un dard mou et obtus...

XXII

« A-a-attention ! »

Une voix traînante résonnait à mes oreilles. Une autre voix lui répondit, avec une sorte de désespoir :

« A-a-attention ! »

Et le cri se perdit quelque part aux confins du monde. Je tressaillis. Une aiguille dorée attira mes regards : la forteresse de Pierre et Paul.

Pâle nuit du Nord !... Mais, au fait, était-ce bien la nuit ?... N'était-ce pas plutôt un jour blême et malingre ? Jamais je n'avais aimé les nuits de Saint-Pétersbourg ; à cette minute-là, je fus effrayé...

Les contours de la silhouette d'Ellys s'évanouissaient entièrement, fondaient comme une brume au soleil de juillet, et je ne voyais nettement que mon propre corps, lourd et solitaire, suspendu en l'air, au niveau de la colonne d'Alexandre. J'étais au-dessus de Saint-Pétersbourg. Pas de doute. Des rues désertes, larges et grises ; des immeubles couverts de plâtre, aux façades grises, gris-jaune, gris mauve, avec des fenêtres rentrantes, des enseignes voyantes, des perrons alourdis de fer forgé, de méchants établis de marchands des quatre-saisons, des frontons, des inscriptions, des guérites, des abreuvoirs... Voici la calotte dorée de la cathédrale de Saint-Isaac, la Bourse, inutile et bigarrée, la forteresse aux murs de granit, le bois rongé des chaussées, les péniches remplies de foin et de bois, l'odeur de poussière, de choux, de bâche et de crottin, les concierges en pelisse courte, figés comme des statues devant les portails des immeubles, les cochers de fiacre recroquevillés et endormis comme des souches sur les sièges de leurs vieilles carrioles !... C'était bien elle, notre Palmyre nordique !... L'on distinguait tout autour de soi, avec une netteté, une précision presque cruelle, toute une masse énorme qui dormait d'un sommeil triste et se détachait dans l'air terne et transparent. Le rose du crépuscule, un rose phtisique, n'avait pas encore quitté le ciel laiteux, sans une étoile, et n'allait pas le quitter avant l'aube ; son reflet irisait doucement la surface soyeuse de la Neva, qui murmurait doucement et poussait ses eaux froides et bleues...

« Allons-nous-en ! » supplia Ellys.

Et, avant que je n'eusse eu le temps de lui répondre, elle m'emporta au-dessus de la Neva et de la place du palais d'Hiver, en direction de la Litéynaïa... J'entendis, en dessous, un bruit de pas et une rumeur de voix : des jeunes gens à visages d'alcooliques traversaient la rue et parlaient de leçons de danse... « Sous-lieutenant Stolpakov, septième ! » clama soudain une sentinelle, réveillée en sursaut, en faction devant une pyramide d'obus rouillés... Un peu plus loin, j'aperçus, à une croisée ouverte, une jeune fille en robe de soie froissée, sans manches, un petit filet de perles sur les cheveux et une cigarette entre les lèvres. Elle lisait pieusement un livre : un recueil des œuvres de l'un de nos derniers Juvénals...

« Allons-nous-en ! » dis-je à Ellys.

Un clin d'œil... Les sapins rabougris et les marais moussus des environs de la capitale fuyaient déjà sous nos corps... Nous nous dirigeâmes tout droit vers le sud ; petit à petit, le ciel et la terre prirent une teinte de plus en plus sombre... Nuit morbide, jour morbide, vous étiez restés loin derrière nous...

XXIII

Nous volions plus lentement que de coutume, et cela me permit de voir se dérouler sous mes yeux, tel le volume d'un panorama infini, l'espace sans bornes de mon pays natal... Des forêts, des taillis, des champs, des fossés, des fleuves — parfois des villages et des églises —, puis encore des champs et des forêts, des taillis, et des fossés. Je devins mélancolique et me sentis envahir par une sorte de morne indifférence. Et ce n'était point parce que je survolais la Russie. Oh ! non...

Cette terre — cette surface plane — qui s'étendait sous moi ; tout notre globe avec ses habitants éphémères, sa population infirme, écrasée par le besoin, le chagrin, la maladie, enchaînée à une masse de poussière méprisable ; l'écorce fragile et rugueuse enveloppant ce grain de sable qu'est notre planète ; la moisissure que nous appelons gravement le règne organique ; les hommes — ces moucherons mille fois plus insignifiants que les vrais moustiques — ; leurs habitacles modelés dans la boue, les traces imperceptibles de leur agitation monotone, de leur lutte ridicule contre l'inéluctable et le préétabli — tout cela me donnait subitement la nausée... Mon cœur se souleva lentement et je n'eus plus la moindre envie de contempler, en badaud, ces tableaux insignifiants, cette foire aux vanités...

L'ennui me gagna — et même quelque chose de pire que l'ennui... Je n'éprouvais point de commisération pour mes frères ; toutes mes émotions s'étaient éteintes, englouties dans un sentiment unique que j'ose à peine nommer, un sentiment de dégoût de ma propre personne, plus intense et plus pénétrant que celui que je ressentais pour tout le reste.

« Laisse cela, souffla Ellys, laisse cela... Je ne vais plus pouvoir te porter... Tu deviens trop pesant...

— Va-t'en chez toi ! lui répondis-je du ton sur lequel je parle à mon cocher quand je quitte, sur les quatre heures du matin, des amis moscovites chez qui j'ai passé l'après-souper à discuter de l'avenir de la Russie et de l'importance de la communauté.

« Va-t'en chez toi !... Va-t'en chez toi !... » répétai-je en fermant les yeux...

XXIV

Je les rouvris bientôt... Ellys se serrait étrangement contre moi ; il semblait qu'elle eût voulu me rabrouer. Je la regardai, et mon sang se glaça... Quiconque a eu l'occasion de voir se peindre sur le visage de son voisin une épouvante sans nom, dont il ne peut deviner la raison, celui-là me comprendra... La terreur, une terreur affreuse, défigurait les traits évanescents d'Ellys et les faisait grimacer. Jamais je n'ai rien vu de tel sur un visage humain. Un fantôme de brume, sans vie, une ombre..., et à côté de cela cet effroi mortel...

« Ellys, qu'as-tu donc ? demandai-je enfin.

— C'est elle !... C'est elle !... répondit le fantôme avec effort... C'est elle !

— C'est elle ?... Qui donc ?

— Ne la nomme pas... Surtout, ne l'appelle pas par son nom, balbutia ma compagne... Nous devons la fuir, sans quoi tout est perdu..., perdu..., à jamais... Oh ! regarde..., regarde..., là-bas ! »

Je tournai la tête dans la direction qu'elle m'indiquait d'une main tremblante et aperçus quelque chose..., quelque chose de vraiment terrible...

La chose était d'autant plus effrayante quelle n'avait point de contours déterminés... Cela était lourd, sinistre, jaune sombre, bigarré comme le ventre du lézard... Une sorte de nuée, de brouillard, qui se déroulait lentement, comme un serpent, et se déployait au-dessus du sol... Cela avançait en oscillant lentement, d'un ample mouvement de va-et-vient, de haut en bas, comme un oiseau de proie qui plane sur ses ailes grandes ouvertes, en quête d'une victime ; parfois, la chose sans nom se collait à la terre d'un mouvement répugnant — comme une araignée à la mouche qu'elle vient de saisir... Qu'était-ce que cette masse horrible ?... Sous son influence néfaste, — cela, je le voyais, je le sentais —, tout disparaissait et sombrait dans le néant... Il s'en dégageait une froide odeur de pourriture et de charogne ; la nausée me montait à la gorge, mes yeux voyaient trouble, mes cheveux se hérissaient sur mon crâne... Et elle avançait toujours, cette force inéluctable, à laquelle rien ne résiste et qui régit tout, force aveugle, innombrable et absurde, force omnisciente qui choisit ses victimes comme un oiseau de proie, les étouffe et les pique de son dard glacé de reptile.

« Ellys ! Ellys ! m'écriai-je comme un fou... C'est la mort ! C'est la mort elle-même ! »

Un son plaintif, comme j'en avais entendu déjà, un cri humain s'échappa de ses lèvres. Nous nous élançâmes... Mais notre vol était singulièrement, terriblement agité... Ellys trébuchait, tombait, se jetait d'un côté et de l'autre, comme une perdrix, quand elle est mortellement blessée, ou quand elle veut égarer le chien, loin de ses petits...

Cependant, des sortes d'antennes ou de tentacules, longues et sinueuses, se détachèrent de la masse immonde et se jetèrent à notre poursuite... La silhouette d'un immense cavalier, monté sur un coursier blanc, se dessina soudain et s'éleva sous la voûte des cieux... Ellys s'agita encore plus nerveusement, encore plus fébrilement :

« Elle a vu ! Tout est fini ! Je suis perdue ! s'écriait-elle d'une voix entrecoupée, à peine perceptible... Oh ! que je suis

malheureuse ! J'aurais pu profiter, boire la vie, m'en pénétrer...,
et à présent... C'est la fin..., le néant... »

Cela devenait insupportable... Je perdis connaissance...

<h1 style="text-align:center">XXV</h1>

En revenant à moi, j'étais allongé sur le dos, dans l'herbe, et tout mon cops ressentait une douleur sourde, qui semblait due à un choc violent... L'aube pointait et je voyais nettement tous les objets qui m'environnaient. Près de moi, une route plantée de cytises longeait un bosquet de bouleaux. Je crus reconnaître l'endroit, m'efforçai de me rappeler ce qui m'était arrivé — et un frisson me parcourut tout entier à l'évocation de la dernière vision d'enfer...

« Mais de quoi Ellys a-t-elle eu peur ? » me demandai-je... « Se peut-il qu'elle soit soumise à ce pouvoir ? N'est-elle pas immortelle ? Faut-il qu'elle obéisse aux lois de la fragilité et du périssable ? Comment cela se peut-il ? »

Tout contre moi, j'entendis un gémissement. Je tournai la tête. Une jeune femme gisait à deux pas de moi, en robe blanche, les cheveux dénoués, une épaule mise à nu. Une de ses mains reposait sur son front, l'autre sur la poitrine. Ses paupières étaient baissées, et une légère écume écarlate rougissait les commissures de ses lèvres... Ellys ? Mais non, Ellys était un fantôme, et j'avais devant moi une femme en chair et en os. Je me traînai jusqu'à elle et me penchai sur son corps...

« Ellys ! Est-ce toi ? » m'écriai-je...

Un frisson parcourut ses paupières, qui se soulevèrent ; ses yeux noirs et perçants fixèrent les miens et, tout à coup, ses lèvres se collèrent goulûment aux miennes... Elles étaient chaudes, moites, et avaient une acre saveur de sang... Ses bras m'enlacèrent, câlins, sa poitrine brûlante et pleine se pressa contre la mienne...

« Adieu ! Adieu pour toujours ! » fit une voix, en mourant...

Tout s'évanouit...

Je me relevai, titubant sur mes jambes comme un homme ivre, portai les mains à mon visage, à plusieurs reprises, regardai attentivement autour de moi... Je me trouvais à quelque deux verstes de ma maison, sur la grand-route de ...oy.

Le soleil s'était déjà levé quand je rentrai chez moi.

* * *

Pendant toutes les nuits suivantes, j'attendis le fantôme — non sans frayeur, je dois le confesser. Il ne revint pas.

Un soir, au crépuscule, il m'arriva même de me rendre sous le vieux chêne, mais il ne se produisit rien d'anormal. Au demeurant, je ne regrettais pas la rupture subite de nos singulières relations. À mesure que je réfléchissais à cette histoire incompréhensible, voire absurde, j'en vins à acquérir la conviction que la science était impuissante à me fournir une explication plausible, pas plus que les légendes, ni les contes de fées.

Qui était-elle, cette Ellys ? Un fantôme ? Une émanation du Malin ? Une sylphide ? Un vampire ?... Par moments, il me semblait qu'elle était une femme que j'avais connue autrefois, et je faisais des efforts surhumains pour me rappeler où je l'avais vue... Quelquefois il me semblait que j'allais y réussir... Mais non, tout s'évanouissait de nouveau, comme un songe...

Finalement, je reconnus que je me cassais la tête inutilement, comme cela arrive presque toujours. Je n'osai demander

conseil à personne, de peur de passer pour un fou. Puis je re-
nonçai — d'autant plus que j'avais d'autres soucis.

Ensuite, ce fut l'abolition du servage, le partage des terres,
etc. En outre, ma santé s'était fortement ébranlée : je souffrais
de la poitrine, ne dormais plus, toussais sans arrêt. Tout mon
corps se dessécha et mon teint devint d'ivoire, comme celui d'un
cadavre...

Le médecin prétend que je manque de sang, invoque un
nom grec : « anémie », et prétend m'envoyer à Gastein... Or,
mon chargé d'affaires me jure tous ses grands dieux que sans
moi il ne pourra jamais « s'en tirer avec les paysans »...

Allez donc essayer de réfléchir dans ces conditions-là !

Mais que veulent dire ces sons purs et perçants — des sons
d'harmonium — que j'entends toutes les fois que l'on parle
d'une mort en ma présence ? Ils deviennent de plus en plus forts
et stridents... Et pourquoi l'idée de notre petitesse me fait-elle
frémir si douloureusement ?

1863.